Aprendizagem do Nada

Aprendizagem do Nada

Nadiá Paulo Ferreira
ou
Nádia Paulo Ferreira

Catalogação na Publicação

F383a

Ferreira, Nadiá Paulo

Aprendizagem do nada / Nadiá Paulo Ferreira. –
Belo Horizonte: Quixote + Do, 2024.

126 p.; 13,5 X 21 cm

ISBN 978-85-66256-75-8

1. Miscelânea. 2. Literatura brasileira. I. Título.
CDD 869.8

Elaborada pela bibliotecária Janaina Ramos – CRB-8/9166

Índice para catálogo sistemático
I. Miscelânea : Literatura brasileira

Rua Alagoas, 1270 – Sala 304 | Savassi
30.130-168 | Belo Horizonte | MG
editoraquixote@gmail.com | (31) 3141.1256

@quixote.do /quixotedoeditora /quixotedoeditorasassociadas

Livro baseado em fatos fictícios
nos anos de 1980-1981

Imaginem dois homens que puxam uma corda em cada uma de suas extremidades, mantendo desse modo um puma no meio. Se querem se aproximar simultaneamente um do outro, o puma vai atacá-los, pois a corda não mais ficará esticada; é preciso, então, conservar a corda bem estendida a fim de que o puma permaneça a igual distância de cada um deles. É por essa mesma razão que o escritor e o leitor dificilmente chegam a se aproximar: seu pensamento comum fica amarrado por um fio que cada um puxa para seu lado. Se perguntássemos ao puma, ou seja, ao pensamento, como ele vê os outros dois, ele poderia dizer que duas presas comestíveis puxam, em cada extremidade da corda, aqueles que não vão poder comer.[1]

---

1 PÁVITCH, Milorad. *O dicionário de Kazar.* São Paulo: Editora Parma, sem data, p. 22.

SUMÁRIO

LABIRINTOS

Vem de Outro Tempo a luz que me ilumina
Um som opaco me dilui em Rei…
Mário de Sá-Carneiro

A SALA DO CASTELO é deserta e espelhada

Outrora, em terras distantes apareceu um texto. Um rei muito bondoso suspendeu a sua narração. Muitos séculos se passaram... Um dia a narração submersa cristaliza-se em fantasmas. Nasce uma personagem com traços físicos transparentes, sem nome, sem idade e um coração que pulsa. A personagem caminha em direção a um Narrador falso e itinerante. Ela o incorpora em um rito de possessão demoníaca. As linhas insistem em ser preenchidas por uma história. Sem diálogo, o sentido original se perde sob o limite das palavras. A tênue subversão dispersa a letra. Todos prisioneiros sem fuga. O sol e os carros com suas buzinas são um lado da terra. O outro é o mar. O Narrador entre as duas margens hesita. A personagem vem do mar para sonhar...

1. AS TRÊS IMAGENS

O que é a Dor? Um mar. E a alegria?
Pérola oculta nesse mar fremente.
Sándor Petőfi

No castelo, não tão alto quanto vasto, as rampas sóbrias e cinzas se entrecruzam e estão impregnadas de um segredo alhures. Todos os caminhos terminam no pátio que, sem ser proibido, é evitado. Um incomensurável pátio quadrado desemboca nas rampas. Ou as rampas desembocam no pátio. Do pátio as cores vivas e os sons estridentes da multidão que circula nas rampas. Entre eles a possibilidade de ver e de ouvir sem decifração. A inviabilidade se gramaticaliza em gênero. Rostos e risos sem saber se são homens ou mulheres. E ELA sempre retorna ao pátio. De repente já está na multidão comestível salva do perigo. O medo permanece na angústia do salto não aprendido. E a eterna prisão sem paredes se define na infinita espera de um dia...

Lá está ELA no pátio cercada por pernas, mãos, olhares e bocas. Inicia-se a perseguição. ELA se petrifica. Deitada no chão está amordaçada pelo medo e pela repulsa dos contatos. Seus seios são acariciados sofregamente por mãos sem braços. O tempo se limita à morte que escapa naquele instante. As lembranças estão suspensas pelas sensações nauseantes dos contatos. As mãos se metamorfoseiam em garras que iniciam carícias agradáveis aos sentidos. As mãos-garras enfraquecem seus movimentos aumentando um gozo inaudito. Os movimentos perdem a continuidade até cessarem completamente.

ELA sempre retorna ao pátio sem saber.
Lá está ELA e os homens e suas mãos e seus olhos.
Lá está ELA na cumplicidade da multidão.
E ELA nunca descobriu o caminho e a saída do pátio…

2. ASSUNÇÃO

E a nuvem no mar, é um sonho de
infância... Só, à luz da saudade.
o passado aparece.
Goethe

O pátio se transmuda em um caminho a ser percorrido. ELA, a mulher outrora do prazer, se associa ao grupo dos Sete. Os Sete caminham todas as noites. Sete noites. Dormem sem sonhos. Sete sonhos. Na vigília jejuam como deuses. Sete dias. O número Um joga bilhar com o número Três. O número Dois premedita com o número Sete por telepatia. O número Quatro designa um nome. O número Cinco dança. E o número Seis canta operetas. ELA brinca com os duendes, desvia o rumo, sente-se feliz. Naquela noite, igual a todas as noites, reuniram-se para caminhar. ELA, a loura de olhos azuis, a morena jambo de sol, surge no caminhar dos Sete. ELA sorri, murmura algumas palavras inapreensíveis, e Sete a segura pelo braço num gesto banal e carinhoso. Os outros prosseguem esquecidos. A surpresa do encontro recorda a separação. Sete, aproximando-se com os pés fincados no chão, abraça uma perna ensanguentada. Um corpo foi dilacerado como prova de amor. O eterno abraço sela o retorno. A pergunta é sufocada por todos: medo, culpa ou cumplicidade? Sete esboça um sorriso. Todos, menos ELA, procuram uma pista. ELA apreendeu o ato momentâneo do gesto. Os números se dissolveram em um pacto a dois. Na varanda a família ri com a máscara da fraternidade. ELA está envolvida pelo véu do medo. No calendário a existência se contamina. Os verbos alucinam as palavras do Narrador que perdeu a sua onisciência de contar. Outros Narradores correm para multifacetar as palavras que, se fossem transformadas em verbo perdido, anunciariam...

3. RETORNO

No princípio era o Verbo
e o Verbo estava com Deus
e o Verbo era Deus.
E o Verbo se fez carne
e armou tenda entre nós.
São João

Entra em cena o Narrador Número Um para retomar a história da personagem. ELA, a personagem, passou a conviver com o mundo e seus hábitos. É obrigada a participar de congressos, exigências da profissão que passou a exercer. No auditório lotado, lá do alto, emerge a mesa imponente ornada com potentes gravatas e risos coloridos. A plateia de bocas fechadas e olhos vazios é só ouvidos. Da mesa soam verdades inéditas: Erro gramatical existe! Da plateia brotam olhares de vaca sem mugir. A poeta vanguardista, enamorada das técnicas, lacrimosa, recebe a medalha e é condecorada. O bloco de esquerda delira depois de uma falação de alta periculosidade sistêmica. Aplausos... A personagem desistiu de ir a congressos e ficou desempregada. Resolveu escrever um romance. Já se imaginava Jorge Amado ou Janete Claire vivendo do ofício de escritor. Descobriu ser péssima fazedora de estórias, não conseguiu digerir os tratados narrativos. Empenhou-se pela poesia. Mas os críticos vociferaram pelo crime inaudível: a Beleza. Como última tentativa artística, aderiu às técnicas vanguardistas, livrou-se dos metros, das rimas, das formas consagradas e fracassou novamente. Toda a sua capacidade criadora extinguiu-se. Resolveu então dormir e sonhar...

4. SONHO

Tenho sonhos cruéis; n'alma doente
sinto um vago receio prematuro
Vou a medo na aresta do futuro
Camilo Pessanha

No cume de uma ladeira extremamente íngreme, fica o quarto de espaço estreito com janelas e portas invisíveis. Sem móveis. Só um telefone de parede, uma pequena caixa preta e uma seringa vermelha tinham sido deixados no chão. As ordens eram precisas: injetar na veia do braço direito a seringa com o conteúdo da caixa. A personagem não está só. Outras mulheres são companheiras do futuro. O ponto emissor é um homem. Um homem com a capacidade de se multiplicar em muitos. O não às ordens só tinha uma escolha: pegar o telefone e pedir socorro. Mas nada se sabia do seu estado de conservação. O gesto tem que ser rápido: pegar o fone, sinal instantâneo, discar, ouvir uma voz, pedir socorro e esperar. Alguns minutos se passariam e a rua estaria cercada de policiais por todos os lados. Enquanto isso não acontece, pensa: o aparato policial existe para proteger os cidadãos em perigo e colocá-los intranquilos. Mas, sem dúvida, o cerco policial traria a tranquilidade para essa ocasião de perigo. Mas a personagem não pega o telefone. O seu último passo seria derrubar as paredes. Mas só Ele sabe o segredo. E a condição para revelá-lo é a submissão às ordens. E se o plano falhasse? Que porção mágica conteria aquela caixa? Se a seringa fosse aplicada de forma errada e injetasse ar? A morte sem a magia da porção? Cada minuto passou a ser vital. O oxigênio se tornava cada vez mais escasso. O pânico a imobiliza. Nem telefone. Nem obedecer às ordens. A personagem chegou a acreditar que se tratava do jogo do medo. Vagarosamente, aproxima-se da caixa e começa a abri-la com todo cuidado. Era uma caixa branca envolvida por um papel preto, transparente e brilhante. Ao contato suave de seus dedos, o papel revela-se ruidoso. Retira-o l e n t a m e n t e. As mãos trêmulas não conseguem concatenar os movimentos e seguir o desejo que nasce. Começa a levantar a tampa da caixa… … … A empregada sacode o corpo da personagem abandonado pelo sono:

— Sete horas. O café já está servido. A Senhora vai se atrasar novamente.

O Narrador Número Um se aproxima e grita:

— Alice! Acorda! Acorda, Alice! Você está sonhando.

5. EPÍLOGO

O Narrador Número Um perde a personagem e desiste de continuar a sua narração. O rei percebe que o Narrador Número Um é um farsante e ordena a sua execução. A personagem vem assistir ao ritual de devoração do Narrador e é chamada à presença do rei para depor. Em sua defesa, pronuncia três discursos sem nexo:

— Majestade, as palavras ferem mais que punhais. A ferida não sangra. O eco sufocante da dor oca vazia lacerante. A marginalidade das lágrimas. O grito voraz que morre no ar. O soluço engolfado pelo mar. O silêncio indecifrável. O limite de um caminho sem retorno. As máscaras nas cores disformes. Um rosto que urra. O salto mágico. A letra felina. A rua... O vento... O espectro... O mar... A loucura dos cabelos gargalhando no peito.

— Majestade, se eu fosse a Outra, a verdade dos olhos existiria. A fala mágica existiria. As letras dançariam a melodia dos corpos. As palavras comporiam a mensagem perdida. Da poeira de homens o texto da Mulher nasceria.

— Majestade, o enigma de pensar é um saber sem nomes ou nomes de homens que matam o sonho.

A fala da personagem não faz nenhum sentido aos reis. Sua Majestade a pensa como louca e a manda enclausurar no bosque Ayoda. Sem nunca mais ver a luz do dia, é esquecida.

O rei nomeia outro Narrador: um Narrador de histórias reais.

FRUCTESCENTIA

Os cavalos selvagens
galoparam as fronteiras da vida
E viram que seus abertos peitos
Respiravam o ritmo da verdade
António José Maldonado

Eu, Narrador de estórias reais, quero agradar ao público, quero comovê-lo até as lágrimas. Escolhi uma estória dramática, simples e cotidiana. Uma estória recheada de conflitos sociais. Uma estória com princípio, meio e fim. Enfim, sou um narrador que sei construir e dominar o percurso de uma personagem. Era o enterro do pai. Solene e triste para a filha, para todas as filhas. Um pai que desaparece, outro que aparece, como uma fábrica de brinquedos. Todos produtos do limbo industrial oferecidos para as carpideiras sem almas. Grotesco. Bizarro. Sublime. A FILHA não se tornou personagem-manchete. Sua dor não se dramatizou no espetáculo do mundo. Era uma dor anônima e profunda. Nem vitoriosa nem vencida. Simplesmente dor. Uma sala quadrada serve de palco ao cenário do pai. O ritual milenar do velório adia o desaparecimento da vida ou domestica a morte e perpetua por instantes a presença do morto. O pai morreu sendo uma esfinge não decifrada. Um amor que não desabrochou. Na infância, era um gigante que aterrorizava a frágil menina. Monossílabos, castigos e longas ausências são as lembranças. Um trabalho árduo e sem nobreza dignificava a sua figura. Os anos sem dinheiro, o quarto-casa e a vila habitada por pobres de espírito que aguardavam o reino dos céus... A infância miserável que os anos não trazem mais... A FILHA não deseja o retorno. Talvez espere e aguarde o futuro. Um futuro sem fantasmas, sem pais. Não chora. Sorri. Aproxima-se com ternura do cadáver do pai e pensa: "Tão sombrio, gelado e absolutamente solitário".

Retira a mão que acariciava esse rosto emblemático, inclina-se para o corpo inerte e lhe beija a face fria três vezes. Lembra-se da Bela Adormecida, mas o príncipe não desperta para amar a princesa e serem felizes para sempre... Suavemente se afasta e parte. Pega um táxi e vai como de costume para um dos bares do Leblon. O Leblon e suas zonas per capita. Em cada restaurante os mesmos personagens de sempre. Você escolhe as pessoas que deseja encontrar em função do restaurante. Se quiser mudar de ambiente, basta trocar de restaurante. Mas neste dia especial a FILHA prefere a rotina. O Leblon que une badalação e preços baixos. O uísque vagabundo e aziante não sem os álibis. A FILHA, personagem de minha estória, não se vê ainda como uma mulher de classe média descasada. Aliás, minha personagem detesta a classe média, classifica-a com todo desprezo de pequena burguesia ascendente ou decadente, de acordo com o autor marxista que esteja lendo. Na primeira mesa vai trair a memória do pai em longas discussões que traçam o destino do país. Ídolos serão construídos ou destruídos em nome da democracia paterna. Para o táxi, espera o troco, porque gorjetas e esmolas atrasam a revolução e dificultam a tomada de consciência dos oprimidos. Recebe o troco, ri com o resmungar do motorista e se vê defronte do bar que não é seu mas é como se fosse. Ajeita os cabelos, acende um cigarro e abre a porta. Gente fervilhando em todas as mesas, uma fumaceira suspensa no ar e um alarido estonteante.

— Oi, pessoal! Geraldo, um chope rapidinho. Estou morrendo de sede!

— Ei! Você vai ficar aí? Venha sentar conosco. Qual é?

— Acho que ela não escutou.

— Deixa que vou chamá-la, está só fazendo um charminho. Vamos, você chegou exatamente na hora em que a discussão está esquentando. Alfredo...

— Silêncio! Olhe aquela mesa no centro.

— Onde?

— Lá, onde a luz está cada vez ficando mais forte...

Não, isso não! Minha personagem começa a delirar, e isto não faz parte do meu projeto de narrador. Sou um narrador de estórias reais. Não sou intermédio da personagem.

— Lá, onde está aquela mulher enorme de gorda sentada com os cotovelos em cima da mesa. Olhe! A boca está exageradamente pintada de vermelho.

— Onde? Não consigo ver nada. As mesas estão tão grudadas umas nas outras que nem consigo saber onde fica o centro.

— Abriu um grande espaço de luz em sua volta. De seu decote saem gigantescos seios nus que tocam a toalha. O seu olhar vidrado é ameaçador. O olhar enlouquecido é o olhar de minha mãe. Os seios são os seios de minha mãe. Mas essa mulher não é minha mãe. Ela segura uma faca e se levanta. Agora está vindo em minha direção e começa a gritar que quer me matar, que desta vez eu não escapo! Vejo em seu olhar o ódio de minha mãe, mas não reconheço nela a minha mãe. Ela está em casa dormindo. Não sou sua filha, pare! Olha o escândalo! Por favor, me ajudem! Essa enorme massa de carne está cada vez chegando mais perto. Eu não sou uma vagabunda! NÃÃÃO!!!

Minha personagem começa a gritar desesperadamente.

— Detenham-na! Detenham-na! Vocês não estão vendo que essa louca quer me matar. Por favor, me ajudem! Façam alguma coisa! Socorro! Socorro! Socorro!

Uma amiga tenta em vão acalmá-la. Todos assustados se levantam e se entreolham. Ninguém consegue ver nada.

Minha personagem começa a derrubar todas as mesas que não são o seu alvo. Mas o seu alvo não existe. Inicia-se um quebra-quebra generalizado. Minha personagem é imobilizada pelo guarda-costas, mas continua a gritar coisas sem nexo.

Falhei como narrador. Outro Narrador tentará reparar o meu fracasso. Eis o destino dos narradores: vencer ou ser vencido pelas personagens. Mas, mesmo assim, não deixo minha estória sem um epílogo. Todas as estórias reais devem ter um desenlace, devem ser verossímeis. Os críticos exigem isto de nós, pobres narradores, sempre sendo destituídos de nossos papéis. Insisto e retomo o fio de contar. Depois de vários desentendimentos entre os fregueses do restaurante, todos decidiram que o caso da personagem não é policial, mas psiquiátrico. A chegada da ambulância encerra a minha narração. Outro narrador vai iniciar a sua estória…

PASSAJEM

EU NÃO SOU EU nem sou o outro,
Sou qualquer coisa de intermédio:
Pilar da ponte de Tédio
Que vai de mim para o Outro.
Mário de Sá-Carneiro

Imagens selvagens seduzem. Imagens ensanguentadas habitam a outra margem do Lago. Lá é proibido transitar nas águas ausentes. A transparência do lago se torna corpórea no mito que faz escrita. Escrever é indiciar o fracasso do verbo. Escrever é transpassar o sagrado. Escrever é o fascínio que insiste no retorno da palavra perdida. Escrever é extraviar o sentido das imagens. No desvio escreve-se uma estória...

Eu, Outro narrador, substituto do Narrador de estórias reais, vou apresentar para o leitor e para os outros narradores a estória de minha personagem. Era uma vez uma menina, filha de um emigrante espanhol, português ou italiano, que se chamava **Z**. Ela se pensava filha única e era perseguida pelo fantasma do irmão morto que não chegou a conhecer. Era uma filha torturada pela sombra de outro irmão, que vivia no estrangeiro, cuja existência era silenciada por todos os familiares. Quando criança, tinha medo de ser devorada pelo Lobo Mau ou por bruxas malvadas. Todas as noites sonhava que estava sendo esquartejada por ladrões assassinos. Todas as manhãs, quando se lembrava das mentiras do dia anterior, imaginava que chifres iam crescer na sua testa, igualzinho às estórias que as freiras lhe contavam no colégio. Era uma menina pobre de dinheiro e de afetos. Quando adolescente, sonhava com raptos, príncipes encantados, estórias de amores infelizes e amores felizes para sempre. Educou-se para tocar piano, casar de véu e grinalda no altar-mor, ser mãe valorosa, esposa fiel e, como não podia deixar de ser, traída com a resignação das mulheres.

— Os narradores mentem por ofício. Eu estou viva. Sem passado. Eu procuro o amor.

Eu, Outro narrador, alheio às intervenções de minha personagem, sigo o meu contar. **Z** tenta desviar o rumo do seu destino. Só, e sem encontrar o amor, guerreia, qual D. Quixote, contra moinhos de ventos. Talvez por vício, eu não resisto e parodio Camilo Castelo Branco. Não seria fiar demasiadamente na sensibilidade do leitor, se cuido que a solidão de uma jovem de vinte anos lhe há de fazer dó. O arrebol dourado e escarlate da manhã da vida. Vinte anos! O sonho dourado daquela idade! Vinte anos!... E degredada do amor. O leitor se compungiria e decerto choraria se lhe dissesse em menos de uma linha a estória daqueles vinte anos: renunciou ao desejo, ao amor e se casou. O sacrifício de **Z**, sem ser original, tinha a marca de uma existência e se inscrevia nas estórias das mulheres de seu tempo.

— Um passado sem futuro é meu destino. A dor

sangra o meu coração.
Outro narrador aparece e diz:
— **Z**, queres saber o que aconselho contra essa melancolia? O percurso da dor é a trilha da esperança. Se recusas a dor, não saberás a diferença entre a alegria e a tristeza. Não encontrarás jamais a Felicidade. Aprendas que o trajeto para o limite da magnitude dos prazeres é a dor. Entre a dor e a ausência contrapõe-se o tempo.
Z não sabe caminhar no tempo. O tempo de **Z** é descompassado com o tempo. Enquanto nós narradores discutimos, **Z** nos ignora e ouve Caetano Veloso:
Tempo, Tempo, Tempo, Tempo
Compositor de destinos

Tambor de todos os ritmos...
Entro num acordo contigo
Peço-te o prazer legítimo
O movimento preciso...
Quando o tempo for propício
De modo que o meu espírito
Ganhe um brilho definido...
E eu espalhe benefícios.
Z, discordando dos narradores, argumenta:
— Não, não. Não é bem assim. O tempo é a muralha da vida. Arrisco a desmoroná-la.

O Outro Narrador contra-argumenta:
— Talvez desconheças qual a tática. Todo bom estrategista sabe o momento de agir. É preciso surpreender o inimigo para vencê-lo.
Você, Outro narrador, não compreende coisa alguma. **Z** quer conquistar o tempo para trocar experiências de sentidos. **Z** busca o desejo no amor. Afinal de contas, estamos falando de quem?
Outro narrador responde:
— Da personagem, é óbvio.
Basta! Esquecemos do leitor! Eu, Outro Narrador, substituto do Narrador de estórias reais, tenho que prosseguir o relato da estória de minha personagem e convido o leitor para ingressar no prosaico. **Z** tornou-se uma professora universitária, cumpridora fiel dos seus deveres.
— Os mestres não têm sexo, mas adoram dissertar sobre o sexo.
Prefiro ignorar o comentário de meu Outro Narrador e prosseguir. Na fantasia, entre o desejo e o sonho, **Z** tornou-se cúmplice de um pacto. Ele, o homem, premeditava as regras do jogo.
— Aliás, meu caro — diz o Outro Narrador —, o que faz quem exerce a função de marido e reconhece na esposa uma mulher infiel mas submissa? E, **Z**, você sabe disso, conferia-lhe uma aura de onipotência absoluta. Eles eram atores que encenavam

a farsa de um texto ainda desconhecido.
Apesar das interrupções fragmentarem o meu narrar, Eu, o Outro Narrador, substituto do Narrador de estórias reais, antecipo um ponto final. Uma estória sem peripécias não desperta a comoção do leitor e lança minha personagem no anonimato. Um grande equívoco eu esperar de **Z** algum ato heroico que mereça imortalizá-la em uma inesquecível estória de amor. O mundo de hoje não faz mais personagens como antigamente. Poderia transformar a estória de **Z** em uma telenovela. Mas falta uma intriga mirabolante. Sem crimes, sem intrigas apaixonantes, como arrancar lágrimas do telespectador?
— Vocês, narradores, simulam um saber que se transforma em álibi. Meu tempo segue o ritmo da ficção.
Se o Outro narrador desistiu de sua função, mais uma estória sem fim, uma página sem escrita, uma personagem que cai... Nós, narradores de ofício, vamos, mais uma vez, perder o crédito dos leitores e ganhar a ira dos críticos. Os narradores em férias, toda vez que se intrometem em uma estória, acabam encalacrados. Eu, Outro narrador, mesmo correndo o risco de mais um fracasso, interrompo minhas férias e retomo a estória da personagem. **Z** e o marido se separaram em silêncio.

Quando um casamento se quebra é anunciado o que deveria ser dito sem nunca se dizer. A partida exige de **Z** um despertar.

— No limiar do perigo eu sobrevivi à morte. Preciso do tempo para reconstruir.

Um homem e uma mulher dramatizam o horror diante do Nada em uma conquista. **Z** é uma mulher que ainda não se desfez da dor do seu enigma, mas a angústia não é mais obstáculo para experimentar.

— Não posso voltar ao passado e desfazer o acontecido. Com o medo, vem o vazio de quem está só. Não faz diferença da hora em que nasce o medo. Perdura a dor da solidão sem fim. Da recusa do passado nasce a esperança no futuro e a dor no presente. Uma tristeza dilacera minha alma. Quero a alegria do amor. Não quero a melancolia de uma dor.

— O fracasso dos narradores é a sua onisciência. Se a personagem, criada pela escrita de um narrador, adquire vida, é preciso ter muito cuidado para que não sejamos depostos de nossa função.

— Durante tanto tempo fui uma terceira pessoa do singular, feminino, que...

E agora? O que esperas? O indefinido de uma partida? O jogo precisa continuar. Uma nova partida se faz necessária para depois vir outra, mais outra, ainda outra... Poderia ter sido ontem, mas se não foi possível...

— Antes era infeliz por estar casada. Depois pensei: estou livre! E me senti em pânico. Não sabia o que fazer com minha liberdade. A liberdade é mais terrível do que a submissão? Depois dos fracassos vêm os sonhos. Alimentei-me de sonhos. O que me propões é um absurdo. Ninguém encontra a felicidade vivendo de ilusões.

Enquanto os fantasmas revolvem lembranças, a dor se converte num fio invisível.

— Basta! Não quero mais ouvir narradores que falam de mim. A minha estória com vocês cegou antes do fim. Antes que eu dissesse qualquer coisa, todos os narradores, que tinham sido destituídos, aparecem.

Z vem em nossa direção e com o rosto umedecido de lágrimas sussurra um monte de palavras. De tudo o que disse, só escutamos a frase final:

— Enquanto vocês tecem o meu destino, eu, simplesmente, choro. Muitos anos se passaram. Alguns já tinham morrido, quando encontro pelo caminho o Outro Narrador. Recordamos os velhos tempos, nossas estórias, os fracassos e os sucessos editoriais. Ninguém mais daquela época ainda escrevia estórias. Lembrei-me de **Z**, de sua última frase, da fúria com que fechou o caderno em que escrevíamos. Ainda tenho viva na memória a imagem de **Z** correndo desesperada e o estrondo da porta que se fechava aos nossos olhos. Mas tinha esquecido completamente o último diálogo travado entre nós. O Outro Narrador disse-me que lembrava de cada palavra daquela cena. E, teatralmente, se colocou no meio da praça e começou a representá-la.

Todos os narradores em coro:

— Avesso do avesso. Entre o amor e o ódio um fio se desloca. Uma viagem de aprendizagem fracassou. Narradores de estórias reais vivem um conto de fadas ou narradores de um conto de fadas vivem estórias reais...

Z:

— Vocês, narradores, não existem a não ser através de um terceiro que por sua vez incorpora um quarto, que por sua vez...

Todos os narradores:

— Face cruel da experiência. Você, personagem, também não existe. Você é o que nós, narradores múltiplos, inventamos. Os críticos eternizam-nos ou nos destroem. É um jogo. Um jogo de amor e ódio. Os críticos são leitores profissionais que adulteram a alma do sentido para se entregarem à consagração. Escrevem o que seria agradável aos ouvidos. Não sabem ler e escutar o canto das sereias.

PROPETIATIONE

A vida é breve, a alma é vasta:
Ter é Tardar.
Fernando Pessoa

Eu, personagem, depois de me livrar dos narradores, declaro: O amor é um logro. O sentido desliza, escorre entre as palavras. ***Eu te amo*** é o enigma de todos os narradores que se movimentam em direção ao rei, que se movimentam em direção à personagem, que se movimentam em direção à... Que falem, então, os mestres! Mas os mestres não são mestres e estão amordaçados por palavras esdrúxulas. Invento um jogo. Assassino todos os falsos mestres itinerantes. Então nascem os narradores a serviço do público, da fama e dos críticos. Existem vários disfarces sob suas fantasias. O que seria dos críticos se todos os narradores fossem exímios costureiros? O que seria do leitor se todos os narradores fossem mestres do ilusionismo? O que seria das personagens se... O momento da revelação nunca acontece. Os narradores tornam-se ruínas estranguladas. Os críticos agonizam. Os mestres ficam nus e deixam de ser mestres ou vestem a fantasia de mestre em outros domínios. No jogo não há perdedores nem vencidos. Há sempre um narrador onisciente e um passado na linha do retorno. Somos todos cegos para decifrar o lance da partida final. Quando os homens e as mulheres dormem, Hermes, o zelador do sono, revolve o sangue das flechas flamejantes de Cupido e com fios encantados sutura os seus tecidos. A dor se tece nas cicatrizes invisíveis. Eu preciso Te abandonar. Eu preciso sonhar. Devorei-Te com a gula das amantes ensandecidas. Eu, mais do que Tu em uma ausência. Eu sou Tu em busca do amor.

INTERREGNU

Pressinto um grande intervalo,
Deliro todas as cores,
Vivo em roxo e morro em som…
Mário de Sá-Carneiro

voláteis voos suspensos
logros lascivos sedentos
violáceos corpos lassos

Sexos alados sensatos
no azul
Sexos vorazes audazes
na faca

REVELATIONE

ἄβατος

zθέατρον

τρίοδος

I R R E A L I Z Á V E L

I N E X P R I M Í V E L

I M P O S S Í V E L

I N D I Z Í V E L

↓ ↓

R É E L

A hora da revelação
não é um sonho de amor
é um duplo da ausência encantada

em tempo
no tempo
fora do tempo
o oráculo de Delfos
anuncia a sina
de um desatino
destino

imagens em serpentinas
dançam a fuga dos sons

Olha-me bem e vê
se me reconheces

No exercício da angústia
flutuei na névoa
corri o risco
ansiei o sonho

E sonhando
a lei dos deuses
perguntei:
Quem sou eu?
— Reminiscência futura
de nuvem esparsa

Na aprendizagem
o sonho transmuda-se
em sonhos
o sonho contamina-se
em sonhos
o sonho permanece
lembrança do fascínio

Nos contornos femininos
desejo o teu desejo
que é Não

Um não que materializa
a possessão dos deuses
e a exclusão de mim

Sou Urganda
a desconhecida
a feiticeira traída

És donzel do mar
formosura perdida
do prazer-além

No redemoinho das ilusões
                                        ingressamos
No mistério das lãs
                                        ingressamos
e as agulhas tricotam
tricotam com fervor
as rachaduras que encorpam
a translucidez
dos caracóis-espelhos

Um homem...
Uma mulher...

Regresso futuro
ao passado ancestral
do Amor
Um homem...
Uma mulher...
Treliças flamejantes
na trilha azul
do Amor

RUÍDOS

SEM FIM

Na lição dos corpos

Um dia…
Um sentido ---

Coágulos Sanguíneos
eXplodem
no Calendário

NOITE

meu sexo nu
tua boca
morde

MEDO

sem marca
tua espessura
sangra

corpos se buscam
se chocam
se colam
corpos existem
insistem
resistem
corpos
só
corpos

Não me vês: vejo-te
Não me sabes: sei-te

Sílabas borbulham
segredos
sussurrantes
alhures

Passei
Passaste
Pensei

ainda?

Imagens sem rosto
estilhaçaram-se
e desenham
círculos de sangue

Silêncio...
só silêncio
Nada mais que
silêncio

Amorestranho

Estranhoamor

Adamastor, sem ninfas,
devora nossas vísceras
e com as carnes vivas
sofremos de gozo e dor

Somos só sal
Somos só sal

Do fracasso ao jogo
Do jogo ao fracasso
Um circuito…

Com a fúria do leão
cercados pelo fogo
das cinzas
renascemos?

Minha alma zaranza
no universo sem cor
Sou saga sem som
que surge e ressurge
zunindo para ti

Lá fora chove
Aqui faz calor

Num dia pleno de sol
partirei para o mar
partirei para amar

E o denso e imenso nevoeiro
passará invisível muito além

No medo medroso
meduloso

tem desatino
sem destino
que destilo
em segredo
em degredo
de mim

Você não me quer
Ou você me quer
do seu jeito

Eis dilema
lema
tema
sema

Da submissão de mim?

Na zona transgressora
o proibido
o castigo
o vivido
transpassados
sem espanto
na loucura borbulhante

Designaram tempo perdido
um presente em fluxo de
Resignaram tempo perdido
um presente sem fluxo de...

E no dia a dia
de cada dia
Tempos perdidos,
Tempos partidos

Tens medo do amor
Tenho fome de amor

fome e medo
são os laços
de nosso amor

CANTIGAS PARTIDAS DA DOR

16 de julho de 1983

Postal impresso em série:

PARABÉNS! FELICIDADES!!!

abraçoS
só (r) RISOS
sugam
minha pele açucarada
sêmen das datas

Rebanhos felinos sem rabos
ao ponto de partida
retornam
ao prefixo que sou

No espelho sem reflexo

reflete
uma lágrima vermelha
sem cor

Abre-se a porta:
Você

Não seguimos em direção à terra
Seguimos em direção ao mar

Outrora a terra o céu e o mar eram unos
na eternidade orgânica de Kósmos

Segue-se a conflagração pelo fogo
E depois de um grande intervalo
Fez-se a fenda entre a terra o céu e o mar

ASSIM os deuses foram expulsos para Ouranós
E Chrónos insatisfeito com a monotonia do azul
Disse: Haja Sol, Lua e Estrelas

Sem a eternidade nasceram os sonhos
Os sonhos correram da terra para o mar
E no mar fecundaram horas eternas

Na fugacidade sublime e etérea do ar
No silêncio da noite a vestal Sibila
A paixão no coração da terra disseminou

E disse ao homem e disse à mulher:
— Maldita seja a terra por causa da paixão
com dor comerás d'ela todos os dias

E a terra umedecida pelo mar
Resíduos de Outro Tempo
saboreia o sangue sagrado

dos amantes que sofrem
No templo ungido das paixões

Gozo

uma gota de sangue escorre
na imagem de um corpo

Compasso

somos enigmas
d'uma verdade
suspensa

Avalon

Na eternidade dos sentidos
mergulhamos
Expulsos sem tempo da ilha
despedaçamos
E sem lugar nas ondas
navegamos

Era uma vez

Caminhávamos esquecidos
quando um negro cavalo alado
aproximando-se, perguntou:

— Quem sois?
— Somos humanos.
— Nós rasgamos vossas vísceras
e sonhamos.
— Não comem?
— Não. Sonhamos.
— Por que sonham?
— Temos corações amantes!

Sorrindo entre os dentes
o negro cavalo alado
devorou nossas carnes
jogando os ossos no mar

Galopando sem rastros
partiu

Enigmas Enigmáticos

Selvagens amaciados pelo mundo
alastram raízes aromáticas
sem o arco-íris das manhãs

Selvagens amaciados pelo mundo
trancafiam segredos mortos
seccionados pelo espelho mágico

Visão Encantada

Andróginos caminham
no ritmo
alucinante do mundo

Cortem-lhe a cabeça...
Cortem-lhe a cabeça...
Cortem-lhe a... ... ...

Mas Alice
está sempre sonhando
E a Rainha?

A Rainha? ...

O Lago dos Sonhos

Se fosse possível…
meu ser nasceria
entre o destino e o desvio

Na inércia
ondulo no nada
que é tudo
sem ser nada

Ritmo de um corpo

sexo ausente
contorce
se torce
sem contrações
plasmáticas

Com a vida eXplode
Canto perdido

enigmas só enigmas só enigmas só enigmas
enigmas só enigmas só enigmas só enigmas
enigmas só enigmas só enigmas só enigmas
enigmas só enigmas só enigmas só enigmas
enigmas só enigmas só enigmas só enigmas
enigmas só enigmas só enigmas só enigmas
enigmas só enigmas só enigmas só enigmas

em um corpo hostil

Instinto do Não

Por ter a alma vestida
um texto sem autor
estraçalhou meu corpo

Assim inaugurou-se a doação
de humanidade dentro de mim

Cantando a Morte I

Viva sem vida
uivando úmido
sou fluxo vil
no eixo
sem nexo
do meu sexo

Cantando a morte II

sou imensidão
negra e vazia
pedra fincada
em pétalas
desfolhadas

Cantando a Morte III

Quando me olho no espelho
acariciando-me, sinto:
Meu corpo se transformou.
Meus seios cresceram.
Minha pele ficou macia.
Estou bonita, muito bonita!

Meu corpo ainda não se transformou
não houve tempo, não haverá tempo.

E a semente da vida sangrou
meu sangue no teu sangue.
E a semente da vida partiu
de mim para a terra fria.
E a semente da vida sumiu,
devorada com fúria,
por vermes famintos
de restos humanos.
E o sangue do plantador de sementes?

Já madrugada indo
e minha alma fantasma
vagava dilacerada de loucura
nos contornos difusos da dor.

E enquanto morríamos
na despedida assassina
de ti dentro de mim

E enquanto morríamos
na despedida assassina
de ti dentro de mim
em lágrimas, mais uma vez,
perguntei:

E onde está o sangue do plantador de sementes?

Enigmas que não são enigmas

Anônimas ou não
prisioneiras sem fuga
massacradas com fome
pela voz de Deus
ficamos sonhando

E os sonhos imaginados
tornaram-se ausência triste

Eu, a personagem
sou duplo da ausência
sem resgate

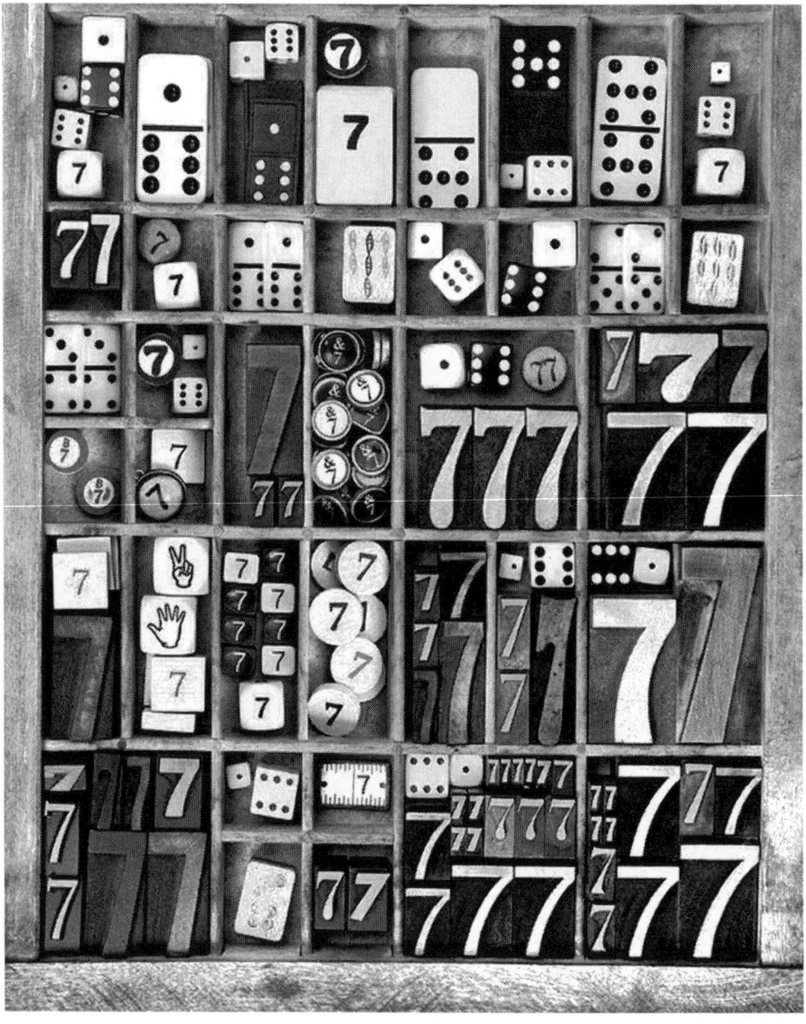

são os dons do Espírito Santo:
Conselho. Entendimento. Fortaleza. Sabedoria. Piedade. Ciência. Temor a Deus.

são as virtudes do Espírito Santo:
Castidade. Caridade. Temperança. Diligência. Paciência. Benevolência. Humildade.

são os sacramentos do Espírito Santo:
Batismo. Crisma. Eucaristia. Penitência. Unção dos enfermos. Ordem Sagrada. Matrimônio.

são os pecados capitais:
Avareza. Gula. Inveja. Ira. Luxúria. Preguiça. Soberba.

E mais

são as notas musicais:
do ré mi fá sol lá si

são as cores do arco-íris:
vermelho, laranja, amarelo, verde, azul, anil, violeta.

são os dias da semana:
segunda, terça, quarta, quinta, sexta, sábado, domingo.

E mais, ainda

são as virtudes:
Humildade, Generosidade, Caridade, Mansidão, Temperança, Diligência, Castidade.

são os pecados capitais:
Soberba, Avareza, Inveja, Ira, Luxúria, Gula e Preguiça.

são as pragas do Egito:
Transformação da água em sangue, invasão das rãs, aparecimentos dos piolhos, surto de úlceras, enxame de moscas, peste nos animais, os gafanhotos.

Os fios das letras, palavras e números
não param, não param, não param...
Os fios do amor, do desejo e do gozo
não param, não param, não param...

A repetição só termina quando a morte vem.

DEPOIMENTO I

Isabel Salgado

Nunca a conheci pessoalmente. Inês, minha amiga-amada, irmã de Isabela, sempre me contava histórias de uma mulher que, além de ter se destacado nas quadras e nas areias da praia, como jogadora de vôlei, sempre lutou por Elas, as mulheres, ou seja, como dizia Jaques Lacan, o Outro sexo.

DEPOIMENTO II

Maria Inês Salgado

Aprendizagem do Nada se apresentou como um transbordamento. A leitura me evidenciou a paixão de Nadiá pelas LETRAS que, pelas suas mãos, se desenham livres, inventivas e libertas, mas que, ao mesmo tempo, deixam transparecer uma codificação singular de ordenamento.

Bailando suave, segura e confortável, no ato da escrita e nos entrecruzamentos literários, aos quais se permite — tanto pelo domínio quanto pela intimidade com as palavras —, Nadiá vai, poeticamente e a seu tempo, revelando de modo esfíngico uma misteriosa e enigmática figura. Sua personagem, inicialmente vagando numa busca incansável e incessante por ancoramentos significantes provenientes do "Outro", no caso, encarnado na figura de um narrador.

Assim como o sujeito da psicanálise só se constitui a partir do encontro com esse "Outro" simbólico, através de seus representantes, a personagem criada por Nadiá, para marcar simbolicamente sua existência, necessita de um narrador que a introduza no mundo dos sentidos e dos afetos, que a coloque em movimento, que lhe determine coordenadas, que estruture sua atuação e seu discurso, com o qual ela poderá amar e estabelecer relações, erigindo assim seu universo.

Diferente das personagens de Luigi Pirandello em sua peça *Seis personagens a procura de um autor*, a personagem, criada e comandada por Nadiá, não carrega uma estória pregressa fixada, não possui lastro ancestral, não lhe foi concedido um passado, nem faz parte de uma comunidade. Em razão desse rastro, pontuado de incertezas, vazios e lapsos, é acionado no leitor o desejo de percorrer a trajetória da personagem, seu périplo, ansiando pelas revelações do desfecho final.

Nos dois escritos, um com seis personagens a procura de um autor e o outro com uma personagem a procura de um narrador, um ponto que se revela comum é que, sem o regime de um Outro, não existe um futuro.

A figura engendrada por Nadiá possui, a meu ver, duas facetas, assim como figura e fundo de uma Gestalt que se fusionam e se confundem. A primeira faceta é onde se identifica a personagem em si mesma, esvaziada de sentido, solta, sem suporte, sem estória prévia já constituída, ainda sem alicerces, mas, mesmo assim se lançando – não sem medos – na procura de suas próprias diretrizes, em encontros e desencontros que lhe forneçam amarras vitais e alicerces nos tempos de um sujeito inserido na Lei significante, passado, presente e futuro... A segunda faceta, fusionada à primeira, se percebe pela lógica da existência de uma autora que escreve, que cria, que elabora e determina o périplo de sua personagem, dando-lhe ancoramento e, portanto, dando-lhe contorno e lastro necessários para que ela exista.

Percebe-se então, por esse outro aspecto, que a personagem possui amarras no seu mundo, que está sim sob um comando, que possui um desígnio e que está sim alienada a ele pela escrita de Nadiá, sua narradora.

No resultado dessa estranha fusão, Nadiá encanta o leitor, moldando e estruturando uma personagem que vivencia as dificuldades na sua estruturação. Mesclando e entrelaçando suavemente ficção com possíveis realidades vividas, o texto flui, se expande e se enriquece. Poético, tenso apesar de delicado, o livro de Nadiá é uma satisfação na leitura e uma esfinge a ser desvendada.

Em razão desse rastro, pontuado de incertezas, vazios e lapsos, é acionado no leitor o desejo de percorrer a trajetória da personagem, seu périplo, ansiando pelas revelações do desfecho final.

DEPOIMENTO III

Vera Perre

Ser narradora ou poetisa: uma ou outra entra em cada uma neste livro. Vou diretamente ao ponto: escrever histórias ou poesias só para quem "escuta" a vida com amor e com todo amor que queremos ler e ter nesta vida.

É um livro para ser bebido como um chá psicoativo, que muda a percepção e a consciência: ora somos Narradores de Estórias Reais, ora somos os Narradores de Contos de Fadas, ora ainda somos a Personagem inventada por nós mesmos ou pelos narradores que nos inventam.

Quando acabei de ler — e li duas vezes — para-me o título: Aprendizagem. A-pren-di-za-gem? É ela estudada pela pedagogia, psicologia, e outras áreas que têm várias definições: formação individual, realidade humana, ensino, sistema de enquadramento do comportamento num sistema de leis e aquisição da linguagem.

A-pren-di-za-gem? Poder controlar seu próprio destino, possuir liberdade... mas a aprendizagem — como a comunicação — são fronteiras do desconhecido. Só quando acabei de ler, fechei os olhos e pensei no Nada. Que foco dar ao Nada? Como focar o Nada? Abri meus olhos, mas viajei na explicação da Física: "O nada é tudo que vemos ao nosso redor e o tudo é nada". Eu diria:

— Obrigada, Nadiá, por tanto ensino.
E ela responderia:
— De nada.

DEPOIMENTO IV

Dayana Custódio Rodrigues

Logo no início do livro uma linda frase me capta a atenção: "a personagem vem do mar para sonhar". Penso no mar e na sua imensidão azul, um mar que inspira tantos sentimentos, medos, anseios, coragem e ousadia. Parafraseando Guimarães Rosa, a personagem nos ensina que o mar assim como o amar requer da gente coragem.

Trata-se de uma personagem enigmática, que ousa se aventurar pelos caminhos da vida, que só nos trazem enigmas. Entretanto, Nadiá tem um diferencial encantador, pois sabe brincar com os enigmas. É assim que seu caminhar se mistura com seu decifrar e as letras compõem uma história, que se transmuda em sonhos, criação, desejo, medo, gozo, amor e ódio…

Como o fio que vai tecendo a vida, o livro tece uma história, atravessada pelo que há de mais íntimo e verdadeiro, no encontro e desencontro das palavras, no enigmático tempo que circunscreve a vida humana. Tempo que desafia a personagem que enfrenta, desde o começo da vida, perigo, medo, perdas que em suas belas palavras confessa: "no limiar do perigo eu sobrevivi à morte. Preciso de tempo para reconstruir".

Construir, reconstruir, eis o caminho que a personagem desafia seus narradores a fazer. Ofício incansável. E incansável também é a personagem, que não se detém a um único narrador para contar sua história. E ao perceber que os narradores tecem seu destino com tamanha onisciência, a personagem chora. Um choro de quem sabe lidar com o impossível a ser transmitido, com o impossível a ser contado.

Enfim, o impossível... Nesse momento de minha leitura, lembrei do grande poeta Manoel de Barros, que, ao falar de suas poesias, diz: "há várias maneiras sérias de não dizer nada, mas só a poesia é verdadeira".

E não há como não se emocionar com a escolha da autora de dedicar as últimas páginas do seu livro com o que há de mais enigmático e verdadeiro do seu ser: suas poesias. E assim, na pincelada final de sua obra de arte, uma grande interrogação encerra essa história, uma pincelada genial, um símbolo que abre e não fecha para novas construções, um símbolo que nos remete à vida e suas infinitas interrogações...

Mas arrisco dizer que a personagem vem do mar para amar. Enfim, um livro que emociona, que inspira, genial e poderoso.

DEPOIMENTO V

Silvia Maria de Souza Levy

Muito emocionada fiquei como leitora, como amiga e como mulher ao ler o seu livro: *Aprendizagem do Nada*. Os críticos profissionais que me perdoem, mas aqueles que seguem os preceitos métricos e as formas fixas que regem os poemas e os tratados narrativos que norteiam os romances não só ignoram a radical revolução que se operou na literatura do século XX, mas também o leitor.

Os críticos esquecem os leitores que são afetados pelas palavras, que escutam com toda a sua alma, com o seu falta-a-ser, como nos diz Lacan.

Seu livro, Nadiá ou Nádia, que ora conta estórias reais, ora conta estórias de sonhos e delírios, é de uma Poeta Psicanalista, ou de uma Psicanalista Poeta, ou quem sabe uma amante de Fernando Pessoa? Isso pouco importa. Seja quem pariu *Aprendizagem do Nada*, é uma Bela Mulher, uma mulher Bela, que sabe que pode dizer a verdade, mas não toda, pois dizê-la toda não se consegue. Dizê-la toda é impossível materialmente... faltam as palavras. É justamente por esse impossível que a verdade toca o real, como nos diz o grande mestre Jacques Lacan.

Sua poesia nos conduz ao movimento tal como a personagem que vem do mar para sonhar e amar, sem saber ao certo aonde vai chegar.
Muito antes, Monet já pensava assim: "As pessoas discutem minha arte e fingem entender como se fosse necessário entender, quando é simplesmente necessário amar".
E acrescentaríamos: para Monet, pintar é captar um instante que nunca mais irá se repetir. Nádia, seu percurso de vida — apaixonadamente lacaniano, rigorosamente lacaniano — e seu duplo — Nadiá — tornam-se, ou sempre foram, uma poetisa de primeira grandeza. "Os fios do amor, do desejo e do gozo não param, não param, não param..."

DEPOMENTO VI

Fernanda Samico

Aprendizagem do Nada. Chama-me a atenção o título porque não se trata de uma aprendizagem DE nada, mas sim uma aprendizagem DO nada. O nada ensina, certamente. Aprendemos, quando empreendemos uma análise, que há um nada irremediavelmente presente na nossa existência. E a aprendizagem, na análise, é de saber fazer com esse nada. Nadiá muitas vezes me conduz nessa aprendizagem do nada: como a professora que me ajuda a desvendar o barroquismo lacaniano, como a autora de livros de psicanálise que recorro sempre que me proponho a teorizar também. E que experiência extraordinária ler escritos dela que fogem desse escopo! Nesses escritos, me aproximo da Nadiá que sensivelmente me conduz pelos meus "nadas" e que me acompanha por anos a fio, com sua escuta de analista.

Em uma sessão particularmente difícil, Nadiá me ouviu ler uma oração que eu havia escrito depois de um sonho. Um sonho de retificação subjetiva. Um sonho de despertar. Nesse meu depoimento, gostaria muito de presenteá-la com essa oração. Para que bendiga nossas aprendizagens do nada.

Nadiá, a você o meu sempre terno agradecimento.

Oração Àquela que me veio em sonho

Ao adentrar a caverna que você me conduziu, que eu não mais tenha medo de encontrar as almas que lá habitam, porque você me mostrou que esse é um lugar de grande poder ancestral.
Que, em mim, eu também possa reconhecer, acolher e encaminhar aquilo que vaga como alma penada.
Que eu consiga investigar suas paredes e encontrar nelas memórias-professoras. Que eu tenha a capacidade de lembrar-aprender com elas, como você me ensinou.
Que a cada mistério eu me lembre que se trata de destino e que destino é mentira impressa em papel.
Que eu sempre possa afundar meu rosto no chão preto e fértil dessa caverna que é seu ventre e acessar sua verdade que liberta.
Ao me encontrar com a mentira e a maldade, que eu consiga ver com olhos de água e de peixe, e sentir no estômago, como você me mostrou.
Ao tentar me sustentar no saber-varão vazio dos homens, que eu me lembre da sua rosa-cruz rainha, primitiva e antiga.

Que eu possa exercitar em vigília a potência desse aprendizado de submundo que você me ensinou em sonho.
Que eu possa pronunciar nomes em seu nome e ver a bênção dourada que emana dos meus lábios como fumaça, como vi dos seus quando você me disse seu nome impronunciável.
Que na sua sabedoria úmida de caverna, você sempre me pegue pela mão e me oriente nos mistérios da vida e da morte.
Que eu possa, a todos os momentos, sentir sua presença calma de mulher-enigma, que ensina a fazer da maldição, sortilégio.
Que eu possa te transmitir para outras e, à sua memória, ser também guia de cavernas férteis.
Que essas outras também consigam fazer de suas maldições, sortilégios.
E dessa forma, eu possa passar seu nome impronunciável adiante.
Amém.

DEPOIMENTO VII

Narjara Gonçalves

Sabiamente, ao início, já somos advertidos por Nádia ou Nadiá que cada um puxará o fio para seu lado. Então puxo, sem poder comer, mas passível de ser devorada por meus pensamentos que buscam um sentido, um significado em uma cadeia significante, furada, irremediavelmente furada... numa escrita que enuncia algo de impossível... impossível de compreensão, um efeito, uma hiância, mais... não posso comer.

Sinto-me leitora perdida. Perdida em sentidos sem sentidos. Um rei, um texto, um narrador, uma personagem: ELA. Repulsa, medo, fraternidade, encontro, separação, ato, verbo. Criar, dormir, sonhar: uma fuga que não foge, pensamento que não age. Uma parede escondida em segredo que só ele sabe, que a ele responde. Acordar, ferir, morrer; verdade perdida na mensagem. "Saber sem nomes." Construir e dominar... quanta impossibilidade num "futuro sem fantasmas", morte presentificada; amor cerrado. Democracia paterna. Delírio *versus* estória real. Pai e filha, mãe e faca. "Coisas sem nexo."

No desvio, Outro Narrador. Irmandade, existência silenciada, devoração, pobreza, sonhos, traição, resignação, casamento, renúncia. "Passado sem futuro", passado repetido no futuro, dor alheia, alheia dor. "Desejo no amor." Quem cria a estória? Outro Narrador ou personagem? Infeliz submissa. "Ritmo da ficção." Separação. Morte. "Tempo para reconstruir." No vazio de quem está só, o Nada. Personagem que adquire vida, partida e partidas. Terrível liberdade! Ilusões, fantasmas, lembranças e dor. Cegueira. Invenção. Jogo. Jogo de palavras. Jogo de amor. Desejo que busca amor. Amor que busca desejo. Corpos. "Fome e medo." Enigmas. São muitos enigmas na escrita de Nádia ou Nadiá. Enigmas impossíveis que esbarram em um mar de significantes que tocam o inefável, o inaudito. Mas que me remetem a outros significantes que me tocam, lá onde não estou, numa encruzilhada sem início e sem fim. Da morte à vida e da vida à morte algo há. Obrigada por tanta riqueza e beleza.

DEPOIMENTO VIII

Izaura Gazen

Li e reli seu livro! Muito lindo e intenso! Mistura de aurora e sonho, entardecer e despertar. Meu despertar! Minhas emoções, ora de júbilo, ora de angústia, misturadas ao sabor de sua poética, que carrega um pouco das muitas mulheres que nos habitam ao longo de nossos percursos.
Como quem tece, com muitos e pequenos fios, pedacinho por pedacinho, a leitura vai nos levando pela mão, de uma a outra linha, despertando canções, a tanto adormecidas pelo tempo. É uma leitura comovente, pela delicadeza e pela crueza que seu dizer suscita. Linda pelo efeito que causa a mim e que, certamente, a tantas outras causará. Sua leitura requer tempo e reflexão e poderia se chamar aprendizado de tudo, porque é imperdível!

DEPOIMENTO IX

Elieni Caputo

Nadiá compõe de forma inovadora, em uma linguagem fluida e poética, as atávicas relações que compõem uma história – dialógica por essência, entrecruzamento polifônico de narradores e personagens. A trama joga com essas instâncias composicionais, cotejando-as, dissolvendo-as, recriando-as. Perscruta os meandros da atividade de escrever, no que ela tem de mágica, de inaugural em relação à tessitura da experiência. Em um hibridismo de gêneros, a prosa poética desliza sutilmente para uma poesia concreta, cadente, com forte carga imagética, mítica e onírica.
Parabenizo e agradeço a autora, a quem muito estimo, por compartilhar este lindo livro, *Aprendizagem do Nada*.

fim

[1ª Edição 2024]

Esse livro foi composto em Baskerville
e impresso em papel Pólen Bold 90g/m²
para a Quixote + Do Editoras Associadas